学校学不到的能力养成课

# 人为什么要工作？

[韩] 元在吉/著　　[韩] 金素嬉/绘　　高文丽/译

中信出版集团｜北京

어린이행복수업_어떡하지, 난꿈이없는데
I Don't Have a Dream at All (Job)
Text © Won Jae-kil (元在吉), 2013
Illustration © Kim So-hee (金素嬉), 2013
All rights reserved.
This Simplified Chinese Edition was published by CITIC PRESS CORPORATION in 2022, by arrangement with Woongjin Think Big Co., Ltd. through Rightol Media Limited.
(本书中文简体版权经由锐拓传媒旗下小锐取得Email:copyright@rightol.com)
Simplified Chinese translation copyright © 2023 by CITIC Press Corporation
ALL RIGHTS RESERVED
本书仅限中国大陆地区发行销售

# 目 录

### 第一章　人们为什么要工作？

- **身边的故事**　我以后要当爸爸 2
- 工作是为了挣钱吗？4　●成就感也很重要 6
- 工作是为了实现自我价值吗？8　●成为一个对社会有用的人 10
- **快乐听故事**　把镐头还给我！11

### 第二章　世界上都有什么职业？

- **身边的故事**　为什么选择这种职业？14
- 世界上历史最悠久的职业 16　●消失的职业 18
- 各种各样的职业 20　●未来什么样的职业最重要？22
- **快乐听故事**　替人尽孝公司的职员 23

### 第三章　职业是否有贵贱？

- **身边的故事**　学习成绩不好就找不到工作吗？26
- 上大学不是学习的终点 28　　• 演艺工作一直是受人欢迎的职业吗？30
- 薪资水平差别太大是关键 32　　• 有些工作必须有人去做 34
- **快乐听故事**　留下珍贵资料的植物学家 35

### 第四章　应该如何看待工作呢？

- **身边的故事**　小姨为什么在家里工作？38
- 因为喜欢而沉浸于工作中的人 40　　• 每天只工作四个小时？42
- 要不要换份工作呢？44　　• 使命感与奉献之心 46
- **快乐听故事**　为非洲奉献一生的人 47

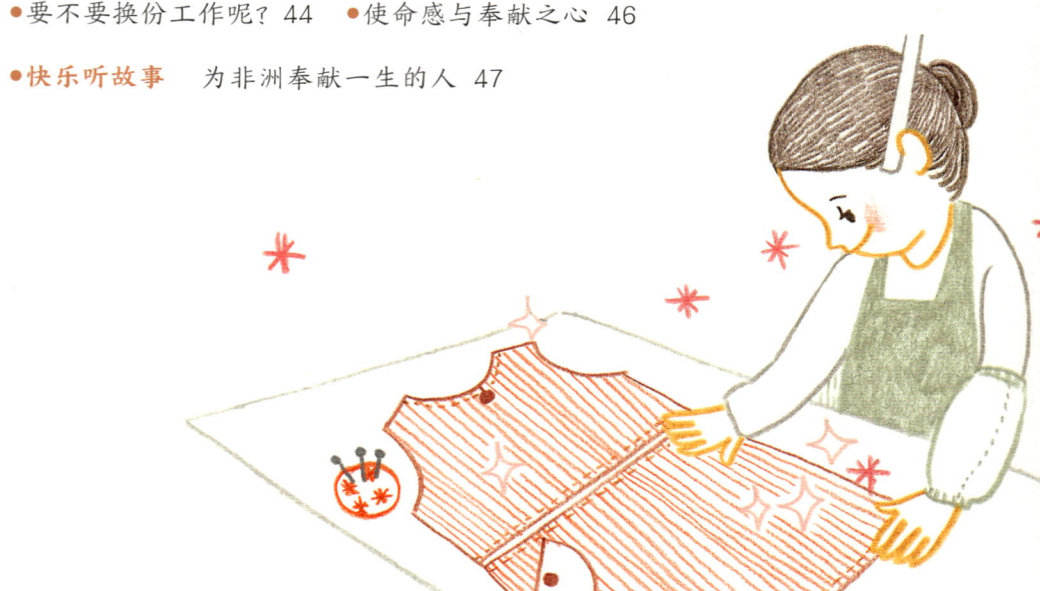

## 第五章　怎样选择适合自己的职业？

- **身边的故事**　赚钱还是爱好？50
- 做喜欢的事情最棒 52　　● 赚的钱越多越好？54
- 在岗时间的问题 56　　● 和谐、平和！58
- **快乐听故事**　选择让自己快乐的工作 59

## 第六章　将来要做什么工作呢？

- **身边的故事**　只要是你喜欢的工作，我都不会反对 62
- 你的未来志愿又变了？64　　● 我的天赋是什么？66
- 细数与鞋店有关的工作 68　　● 失败是成功之母 70
- **快乐听故事**　被妈妈从图书馆里揪出来的书虫 71

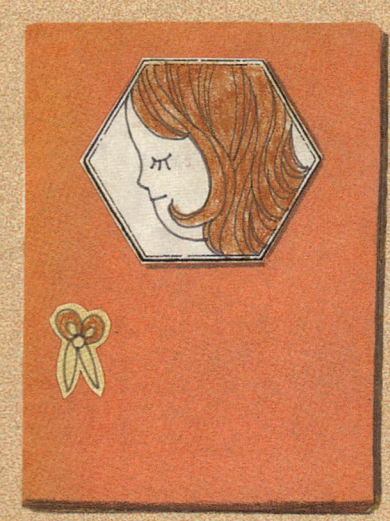

# 人们为什么要工作?

## 第一章

大人们经常会问小朋友:
你长大以后要做什么呢?
听到这个问题的时候,
一定会有孩子反问:
难道长大以后就一定要工作吗?
你看,大部分大人都要工作,
所以,这其中一定有些特别的理由。
那么我们一起了解一下吧!

**身边的故事** 我以后要当爸爸

今天吃早饭的时候,爸爸突然问道:"永浩,你长大了要做什么?""这还用问,当然是做大人了。"听了永浩不假思索地回答,爸爸有些哭笑不得。身边的妈妈朝永浩翻了个白眼,解释道:"爸爸的意思是你将来要做什么工作。"永浩恍然大悟地拍了拍脑袋说:"哦,原来您指的是理想。"可是说到这里,永浩就只是忽闪着他的大眼睛,别的什么都说不出来了,因为这个问题他从来没有思考过。

到了学校以后,社会课老师居然又问了跟爸爸一样的问题:"你们将来要选择做什么工作?认真考虑一下,然后写下来。下次上课的时候,每位同学都

要到前面来讲一下自己做出这种选择的原因。"永浩抓耳挠腮、冥思苦想，最后想起了在公司上班的叔叔，所以他便在纸上写下了"公司职员"四个大字。

晚上，叔叔来永浩家串门。看电视的时候，叔叔突然问道："永浩，你将来要做什么呀？"永浩的眼睛睁得圆溜溜的："哇，今天真奇怪！竟然有三个人问了我同样的问题！我长大以后，要结婚当爸爸！"叔叔哈哈大笑起来，他摸着永浩的头发说："我问的不是这个，我的意思是你以后要从事什么样的工作。"永浩疑惑地问："一定要有工作吗？和朋友们愉快地玩耍不可以吗？"叔叔摇了摇头说："永浩，那可不行。只有拥有一份职业，去工作，才能成为真正的大人。"

# 工作是为了挣钱吗?

人活于世,有哪些东西是必需的呢?

首先,必须要有食物,不是吗?如果没有食物,人很快就会饿死,而这种花在吃饭上的钱我们统称为"餐饮费"。

其次,人们还必须有一所遮风挡雨的房子,但并不是只有房子就够了,我们还需要交电费、水费、燃气费,唯有如此,这所房子才能变成一个舒适、温馨的家,而这些费用我们统称为"生活费"。

最后,动物大多有浓密的毛发或结实的皮肤,唯独人类没有,所以人需要衣服。如果不穿衣服,如何能抵御严寒呢?况且皮肤裸露在外面,也极容易被划伤,产生伤口。购买衣物所需要的钱被称为"置装费"。上面讲到的这些费用都是人类所必需的。

大部分人都有工作，人们通过工作赚钱，再用这些钱解决吃穿用度的问题。而当衣食住有了着落以后，人们又会自然而然地产生对文化生活的需求。文化生活可以给人们的精神带来愉悦感，如果享受不到这种愉悦感，人们可能会觉得每天的生活索然寡味，精神境界也得不到任何提升。

人们通过欣赏电影、话剧、音乐会，参观美术展览等活动享受文化生活。读书、旅行、体育等也属于文化活动，但这些文化活动都需要金钱的支撑。没错吧？所以，每个人都必须有工作，通过工作来赚钱。

# 成就感也很重要

当你的学习成绩提高，得到父母的表扬时，心情怎么样呢？是不是觉得自己所有的努力都有了意义，扬眉吐气了呢？当你把房间打扫得干干净净的时候呢？你是否觉得辛苦流的汗都有了价值，心情一下子舒爽了呢？当你帮大人提购物篮，或是帮忙钉钉子的时候，心情应该也是一样的吧？

大人也是一样，要想让自己每天的生活都过得有意义，他们必须要有一份工作。如果什么工作都不做，一味地吃喝玩乐，便感受不到生活的意义。在别人面前，也无法做到问心无愧、堂堂正正。如果工作时漫不经心、拈轻怕重，做什么事情都马马虎虎的话，又会怎么样呢？假如开饭店的人做饭不用心，那么客人们肯定不会喜欢吧？只有选用上好的食材，精心制作出可口的饭菜，客人们才会吃得津津有味，做饭的人才会有成就感。

当我们的电脑出现故障时，会叫修理师傅来帮忙。我们会看到他把电脑拆开，仔细检查各个零部件，会看到他的额头上渗出汗珠。不多时，电脑修好了，打开电源，哇！电脑桌面亮了起来，原本出故障的电脑居然又复活了。这时我们就会由衷地对他说："谢谢您！"修理师傅则会擦着额头的汗水，脸上浮现出欣慰的笑容。他的笑容便是因为感受到了努力工作的意义。

### 渴望被认可的欲望

当一个人的能力与技术获得了别人的认可时，他便会感受到更多的成就感与意义。这种渴望被别人认可的心理，是每个人都会有的本能需求。一个人获得的认可越多，他这种渴望被认可的需求对社会的发展越能起到至关重要的作用。

# 工作是为了实现自我价值吗？

每个人都拥有独一无二的才能。"才能"这个词，包含"才华"与"能力"双重含义。你是否觉得自己毫无才能呢？你是否因此而苦恼不已呢？但是，世界上没有谁是一无是处的，区别在于有的人早早便展露出自己的才能，而有的人很晚才发现自己的才能罢了。

所谓实现自我价值的需求，就是指人们不断培养自己的才能，渴望将来能在社会上大展身手，尽可能取得更多成就的需求。每个人都有实现自我价值的需求，而只有工作，才能满足这份需求。

比如一个人拥有出色的绘画才能，后来他成了一名画家并努力创作。当有一天他画出一幅令自己满意的作品时，他便实现了自我价值，曾经为提高自我能力、实现自我价值而倾注的全部努力便得到了回报。

为了把自己喜欢的事情做得尽善尽美，你是否曾主动设立目标，并为之努力奋斗呢？你是否曾因达成了这个目标而欣喜不已呢？这比在考试中得了满分，或是在某个竞赛上获得奖励更为激动人心，也更弥足珍贵。

### 人类的至高理想——幸福

从很久很久以前，人们就明白实现自我价值是生活里至关重要的事情。第一个使用"实现自我价值"这一表述的是古希腊的亚里士多德。他相信，人类的至高理想便是"幸福"。他曾表示，每个人都应该尽可能地开发、培养自己的潜在能力，并实现自我价值，唯有如此，才能实现人类的至高理想——幸福。

## 成为一个对社会有用的人

社会就像是一面石墙，由各种不同的石头砌成——既有圆石、方石，也有尖石、扁石。所有石头"配合"得当，才能让石墙变得更结实。如果只有圆石或方石，那么这座石墙很快就会在风雨的侵蚀下倒塌。

每种职业都可以被视作社会这面石墙上的一块石头。一面石墙需要各种各样的石头才能建成，一个社会同样如此，既需要环卫工人，也需要医生、裁缝。如果这些职业消失的话，社会将变成什么样呢？满大街都是垃圾、患者、赤身裸体的人，那么这样的社会很快就会衰亡，就像那面不结实的石墙很快就会轰然倒塌一般。

一个社会里的所有职业都是应人们的需求而产生的。人们努力做好自己的工作，在不知不觉之间就帮助了别人，消除了别人生活中的不便。当一个人努力工作，就意味着他已经发挥了作为社会一分子的作用，也为社会的和谐健康、茁壮发展贡献出一分力量。

快乐听故事

**把锄头还给我！**

古时候，中国有一位百丈禅师，他从年轻时起就以辛勤耕种、日日不辍而闻名。到了八十多岁，他都已变成一位驼背的老爷爷了，还依然黎明即起，扛着锄头到田地里干活，挥汗如雨地种庄稼，直到日落西山。弟子们担心师傅会积劳成疾，所以屡屡劝他说："师傅您都这么大岁数了，就不要再干活了，好好歇着吧！"但是百丈禅师似乎充耳不闻。于是一天夜里，弟子们偷偷地把百丈禅师的锄头藏了起来。

第二天，百丈禅师发现自己的锄头不翼而飞，他命令道："快把我的锄头还给我！"但是弟子们都假装不知情，不肯还给他。当日，百丈禅师整整一天粒米未进，第二天、第三天也是如此，最后他终于体力不支躺倒在床上。弟子们没有办法，只能把锄头还给了他。只见百丈禅师艰难地从床上挣扎着坐起来，然后扛着锄头到地里卖力地刨地，晚上回来以后终于开始吃饭了。弟子们此时才领悟到百丈禅师房间里贴着的"一日不作，一日不食"的真正含义。

## 第二章

# 世界上都有什么职业?

很久很久以前,世界上只有寥寥几种职业而已。
但随着人口的增长,社会关系日益复杂,越来越多的职业涌现出来。
日后也将有无数的职业诞生。
要选择自己日后从事的职业,
首先应了解世界上都有哪些职业,你说对吗?

**身边的故事** 为什么选择这种职业？

又到了社会课的时间，老师让每位同学都到讲台上谈一下自己将来想要从事的职业。京华第一个走到讲台上，只见她舒了一口气，开口说道："我将来要当律师，保护好人、惩罚坏人。"这时候老师摇了摇头说："犯了罪的人也会请律师的，我猜你将来是想做法官。"

接下来光奎站到黑板前说道："我要当老师，我觉得跟孩子们在一起会非常有意思。""老师也经常因为你们而生气呢！"老师微笑着说。听到老师的话，孩子们都哈哈大笑起来。

下面轮到永浩了，只听他大声说："我以后要做公司职员。"老师听了以后粲然一笑，说："看着你这么朝气蓬勃，真好。那么，你将来要去什么公司呢？想在公司里做什么工作呢？"听了老师的问题，永浩突然一句话也答不上来了，因为他并不知道叔叔在什么公司上班，做的是什么样的工作。昨天本来想问他一声的，结果忘了个干净。

等同学们都讲完了，老师说道："听完你们的发言，我觉得你们似乎并不知道韩国究竟有多少种职业，因为你们未来的理想似乎只有几种。贞善你要不要说一下？你觉得韩国会有多少种职业呢？"贞善结结巴巴地回答道："五百种……不不，一千种……"老师伸出双手，说："比这些还要多好多……"永浩看到老师张开的十个手指，在大脑里飞速地计算了一番"一千乘以十……"，永浩猛地站了起来，笑着喊道："老师，我知道！总共有一万多种！"

老师似乎吃了一惊，她说道："真奇怪！自己以后要做什么都不知道，这种事情却猜得很准！"

## 世界上历史最悠久的职业

韩国有超过一万种职业，而美国等国家则有三万多种职业，因为他们国家的人口比韩国多很多，人种、民族也复杂得多。社会越复杂，职业的种类也就越丰富。

世界上历史最悠久的职业当属农民，渔民、牧民的历史也很悠久。这些职业的人生产制造粮食等食物，而离开了食物人无法生存，所以将来农民、渔民、牧民这些职业都不会消失。

政治家、宗教人士的历史也同样悠久。在很久很久以前，一个人可以同时承担政治与宗教的双重任务，他既要负责部落的管理工作，又要负责向神灵祭祀，甚至还承担着为患者们医治疾病的角色。

教师、演员、商人的历史也长达千年之久。人们习惯称教师为"儿童的引路人",因为他们的工作是教导儿童走上正途。在17世纪时,教育学成为一门独立的学科,自那时候起,教师便被认为是一种"帮助儿童发展自我天赋的职业"。

古希腊人在祭祀时会有合唱团在一旁唱歌、跳舞、演戏,后来从合唱团中分化出了歌手与演员两种职业,这是距今约两千五百年前的事了,而小亚细亚的吕底亚王国首次铸造狮币,商业极度繁盛也始于这一时期。通过贸易,商人把世界连在了一起,他们还疏通了各个国家之间沟通往来的道路,把不同文明传播到了其他国家。

## 消失的职业

随着社会变化的日益加快，每天都会有好几种社会需要的新职业应运而生，也会有许多职业销声匿迹。近代以来，对职业寿命影响最大的因素便是工业革命了。在工业革命以后两百多年的时间里，制造业里有数不清的职业产生或者消失：与机械工业相关的许多职业产生了，而传统手工业部门的大部分职业却相应地消失了。

与货物、乘客运输等交通相关的职业也发生了翻天覆地的变化。在汽车制造、飞机制造、轮船制造，以及货运、客运等部门产生了许多新的职业。相反，抬轿的轿夫、搬运货物的脚夫、马车夫、艄公等职业却在慢慢消失。

电子工程、电脑技术给制造业与商业带来了深远的影响。曾几何时，街头巷尾到处都是租借录像带的地方，但是随着DVD的诞生，录像带一夜之间就失宠了。因为DVD非常轻薄，而且可以保存很长时间。不仅这些租赁店都已经销声匿迹了，制造这些录像带与录像带放映机的工厂也都纷纷倒闭了。

社区书店以及图书租借商店的命运也岌岌可危。由于网上书店的诞生，人们只要安坐在家中，用电脑搜索一下就可以购买到心仪的书籍，而且价格更加低廉，还能直接送货上门。

# 各种各样的职业

所有工作的人都是劳动者，按照不同的标准，劳动者可以有许多不同的分类。

比如可以分为占有生产资料的劳动者和不占有生产资料的劳动者。生产资料是指在制造产品、提供服务的过程里需要的物资，比如土地、建筑、机械、货车等。占有生产资料并通过这些生产资料获得收益的劳动者叫作"独立劳动者"；相反，被占有生产资料的人雇用的劳动者叫作"雇佣劳动者"。例如，在某座大楼里开设饭店售卖食物的人是独立劳动者，在该饭店里赚取工资做服务员或负责配送的人就是雇佣劳动者。

有的人需要每天到单位上下班，也有的人在家里工作。在家里工作的人叫作"居家办公人员"，他们会自己制订工作计划有序开展工作。在工作上，他们比一般的职场人更加自由，所以也被称为"自由职业者"。很多作家、画家、设计师都是自由职业者。随着互联网的发展，普通企业的员工也有越来越多的人开始居家办公了。

有的劳动耗费体力更多一些，有的劳动耗费脑力更多一些，根据这种标准，从事以消耗体力为主的工作的人被称为"体力劳动者"，而从事以消耗脑力为主的工作的人则被称为"脑力劳动者"。

　　有时我们还可以按照劳动者所受教育的多寡、时间长短对职业进行分类。风险越高、责任越重的职业，所需要的学习、培训时间往往越长，比如医生与飞机驾驶员就比很多其他行业的从业者接受教育、培训的时间更长，因为这两种职业在工作中决不允许有任何闪失。相反，有的职业则只需要接受一两个月的培训就可以上岗工作，比如销售、保险代理等就属于这类职业。

**蓝领与白领**

在英语中，体力劳动者被称为"蓝领"（blue collar），这是因为以前在美国的工厂、矿山工作的劳动者往往都会身穿蓝色的工作服。而在办公室工作的脑力劳动者则身穿白色的衬衫，所以被称为"白领"（white collar）。

## 未来什么样的职业最重要？

当今时代，污染正威胁着全世界人民的生命与健康，汽车尾气、工厂废水、垃圾等污染物正严重摧毁我们的环境。要想减少或消除废气，就必须减少石油、煤炭等化石燃料的使用，大力开发不产生污染的能源、资源。我们可以通过太阳、风、地热、潮汐等资源获得能源，而且这些能源是取之不尽、用之不竭的，所以被称为"可再生能源"。可再生能源产业的研究员、设计师、技术员，在不远的将来一定会成为举足轻重的职业。

以前的人们肯定不会像现在这般有那么多烦恼，因为生活越复杂，烦恼必然越多，所以像心理咨询师这样的职业会日益增多，他们会为那些因难言之隐而痛苦不堪的人们减轻烦恼。

社会福利工作者的工作则是为那些受到身体健康问题、经济问题困扰的人提供保护与支持。无父无母的青少年、身体不便的残疾人和老年人都会受到社会福利工作者的帮助。日后社会上将涌现出更多与看护相关的职业，并将发挥出巨大的社会作用。

快乐听故事

### 替人尽孝公司的职员

朴元淳曾在《改变世界的一千种职业》一书里介绍了一千种职业，其中有许多职业，光听名字就让人觉得很有意思，比如替人尽孝公司的职员、书籍猎手、良好习惯收集家、压力解决师等。这些职业可以让人们相互帮助，共同营造幸福的社会。

替人尽孝公司的职员的工作便是代替客户向其父母尽孝。现代人每天的生活都很忙碌，对于那些与父母住的距离很远、工作忙碌的人来说，偶尔给父母打个电话似乎都难以做到，唯有在过节的时候才能勉强抽出时间来见父母一面。替人尽孝公司会每天给客户的父母打电话嘘寒问暖：有没有哪里不舒服，有没有什么需要帮忙的事情……并且每个月都会亲自登门看望客户父母一两次，帮他们洗一洗积攒的衣物，或是给他们做顿可口的饭菜，替他们搬运沉重的物件，或是给他们跑跑腿，就像亲生的孩子对待自己的父母那般，竭尽所能地照料他们。如此一来，父母心里是否会觉得更加有依靠了呢？

你们也可以自己创造出一种新的职业，当你成为世界上第一个从事这种职业的人，相信你会感到无与伦比的快乐和兴奋。

# 第三章

## 职业是否有贵贱？

很多孩子都曾经表示，
在日常生活之中，最让自己觉得辛苦的，
既不是同学问题，也不是家庭问题，而是学习问题。
因为大人们总是说只有成绩优异才能有机会找到好工作。
那么学习成绩不好就不能找到好工作了吗？
世间的职业是否真的有好坏贵贱之分呢？

**身边的故事**  学习成绩不好就找不到工作吗？

　　永浩的身上有很多优点：他性格开朗，擅长搞笑，不管在哪里都能让周围的气氛活跃起来；而且他力气很大，上体育课的时候总是很受欢迎。上次男生举行摔跤比赛，永浩一眨眼的工夫就把其他男生都摔在了沙地上，女生们送给他的掌声特别热烈。唯有一件事情永浩却做得不尽如人意，那便是不管他怎么努力，学习成绩都提高不了。

　　最近永浩正在为以后要做什么工作而苦恼不已。虽然他很擅长运动，但将来并不想做一名运动员，他说："每天都要跑跑跳跳，这件事我没有自信。"有的孩子对永浩说，以后他可以做一名滑稽演员。但是永浩对于滑稽演员这份工作也不是很满意，他说："我又不是每天都能把别人逗笑。"

　　永浩的脑袋里每天都塞满了对未来职业的规划，渐渐地觉得十分泄气。

有一天他悄悄地问爸爸妈妈："如果学习成绩不好，以后会很难找到工作吗？""成绩不好的话，想进好单位，连门儿都没有。"听到妈妈的回答，爸爸仿佛自言自语似的说道："要是不挑剔，什么工作都可以接受的话，成绩不好也无所谓。"如果是别的孩子，听到爸爸妈妈的这番话肯定会非常伤心，但是永浩却一点都没有，他突然心情大好，脸上甚至绽开了笑容。

为什么会这样呢？因为他一直担心自己将来找不到工作，但是经过仔细考虑，他发现爸爸妈妈的意思是说，就算找不到非常理想的工作，一般的工作还是找得到的。

几天以后，永浩和他的小姨通电话时聊起了这个话题。小姨小心翼翼地说："他们是担心你不好好学习才会那么说的。你现在要好好学习，将来才有独立生活下去的能力。我觉得所有的职业都是社会所必需的，它们都很重要。"

## 上大学不是学习的终点

有的大人会对孩子说，必须得成绩好才行，只有这样才能考上好大学，毕业以后才能找到一份好工作。可实际上，并不是只要努力学习就能得第一名，总是会有人成绩不理想，所以不要因为成绩差而有过多的压力，也不必因此而气馁。世界上还有很多工作，并非只有上过大学的人才能从事。

例如文学创作这类工作。小说家、诗人、编剧，这些工作与学历、文凭之间并没有太大的关系。拥有文学创作天赋的人，只要自己不断学习，积累经验，完全能够创作出很多优秀的作品。

绘画、雕塑、建筑等艺术领域也是如此。勒·柯布西耶是一位出生于瑞士、生活在法国的建筑师。他从美术学校毕业以后并没有接着上大学。四年的时间里他四处旅行，并自学了建筑专业。日本建筑师安藤忠雄也只有高中学历，他努力打工攒钱去欧洲旅行，并参观了各国的建筑，然后又通过自学成了一名享誉世界的建筑师。

时装设计师、电脑程序员、厨师等职业又怎么样呢？只要你喜欢，并努力地为之做准备，依靠自学也有机会成为该领域的专家，实现自己的梦想。

### 职业资格证

有些工作并不需要学校的毕业证，却必须要有职业资格证，只有考试合格了才能从事这些工作，比如厨师便是如此。由于这份工作涉及顾客的健康问题，国家便要求必须具备相应的从业资格证书，才能从事该项工作。

29

## 演艺工作一直是受人欢迎的职业吗？

一些目前很受欢迎的工作将来也有可能会失去大众的青睐。有的工作在韩国很受欢迎，而在别的国家却并非如此。时代、国别不同，受欢迎的工作种类也是不尽相同的，医生、护士这两种职业就是很好的例子。

19世纪，也就是南丁格尔做护士的时代，医生、护士是一种被所有人嗤之以鼻的职业。韩国也是如此，在李氏朝鲜时代，医生是属于中人阶层的，并不受欢迎，但是在今天，医生的收入水平很高，也颇受大家的青睐。然而在欧洲，医生的工资水平与其他普通的专业技术人员相差无几，他们认为医生并没有什么享受殊荣待遇的特别理由。

很多孩子都特别想做演艺人员。那么以前演艺人员也这么受欢迎吗？在过去，演艺人员曾被称为"戏子"，这是一种蔑称。今天，演艺人员备受欢迎，原因在于电视、电影等影视媒体的发展，那么未来他们仍然能享受今日的殊荣吗？这一点谁都无法预料，因为或许将来会出现一种崭新的媒体，世界上会出现一种全新的职业吸引大众的眼球呢！

# 薪资水平差别太大是关键

有一句话叫"职业不分贵贱",意思是没有哪一种职业是高贵的,也没有哪一种职业是低贱的。但时至今日,仍然有许多国家会给工作分出三六九等:什么工作最好,什么工作其次,什么工作最普通,什么工作很不好,等等。这种分类方式是按照挣钱多少来排序的。钱赚得越多,这种工作就越好;钱赚得越少,这种工作就越差。

相反也有一些国家,认为所有的职业都是一样的珍贵。在这些国家里,并没有哪种职业收入特别高,也没有那种毫无体面挣不来钱的工作。

在芬兰,不仅没有工作的排名,所有的领域都没有排名。芬兰的学校也考试,但并不会给学生排名,也没有单独的成绩单。考试结束以后,老师们会把学生们一一叫过来给予他们指导,告诉他们:"你这次考试,数学能力有些下降,以后在数学学习上需要多下点功夫!"大学也并没有好大学、烂大学之分。

无论是大学毕业当法官,还是高中毕业当建筑工人,他们都会得到社会的尊重和认可。在这样的社会里,人们在选择职业的时候不必看父母或其他人的眼色,他们只需要堂堂正正地选择自己喜欢做的工作就可以了。要是韩国将来也能变成这样的国家该有多好,到时小朋友们因职业选择问题而大伤脑筋的情况也会大幅减少吧!

33

## 有些工作必须有人去做

现在，有越来越多的外国劳动者来到韩国，他们主要在一些中小企业的工厂里或建筑工地上工作，在这些地方进行体力劳动的职业被称为"3D工种"，3D意思是辛苦（difficult）、危险（dangerous）、不卫生（dirty）。

以前工厂里、建筑工地上都是韩国人在劳动，但不知从何时起，韩国人开始不愿意做3D工种了，老板们不得不雇用外国劳动者，把这些工作交给他们去做。

有一种说法是，当一个国家的经济发展到一定水平，劳动市场上的3D工种就会产生空缺，这时就会有外国人来从事这些工作。目前韩国大约生活着70万外国劳动者，如果再算上非法居留者，这个数字会达到100万。他们都是迫于生计从遥远的国度来到韩国的，从事的也都是辛苦的工作，他们非常需要得到公正的待遇，也需要人们用温暖的眼光看待他们。不仅如此，韩国这种嫌弃辛苦职业的文化也应该改一改了。

快乐听故事

**留下珍贵资料的植物学家**

有一些植物学家、昆虫学家是自学成才的。他们从小就喜欢观察那些陌生的植物与昆虫，沉迷其中不能自拔，等他们长大成人以后，便把这种爱好作为了自己的职业。牧野富太郎就是通过自学成为植物分类学家的。他一方面坚持不懈地观察植物，另一方面购买、阅读外国的植物学著作，积累了大量的专业知识。

牧野富太郎每次采集到植物标本后，都会用报纸把它们包好并仔细保管起来。五十多年的时间里，他用自己的双脚丈量了广袤的土地，采集的植物标本多达数十万件。在他离世以后，人们开始研究他留下来的植物标本，研究人员在研究的过程中还发现了一大惊喜：牧野富太郎用来包这些植物标本的报纸也都是非常珍贵的历史资料。研究员把这些报纸收集起来，发现数量多达五千页，而报纸的种类也超过了五百种，大部分报纸在别的地方都已经杳无踪迹，其中就包括日本殖民时代朝鲜发行的《京城日报》。该报纸是由朝鲜总督府发行的，从当时的报纸里，我们可以一窥日本帝国主义者当初是如何统治朝鲜的。作为一名植物学家，牧野富太郎留下了光辉的业绩，同时不经意间也给子孙后代留下了珍贵的历史资料。

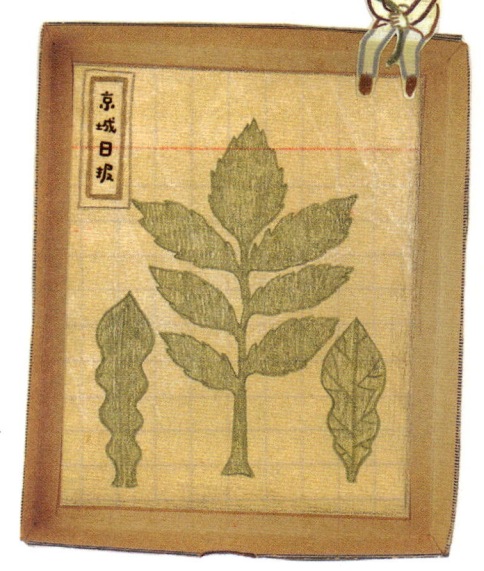

# 第四章

## 应该如何看待工作呢？

将来想要幸福地生活下去，
职业的选择至关重要，
对待工作的态度也举足轻重。
因为对待工作的态度决定了你是幸福、愉悦的，
还是无聊、不幸的。

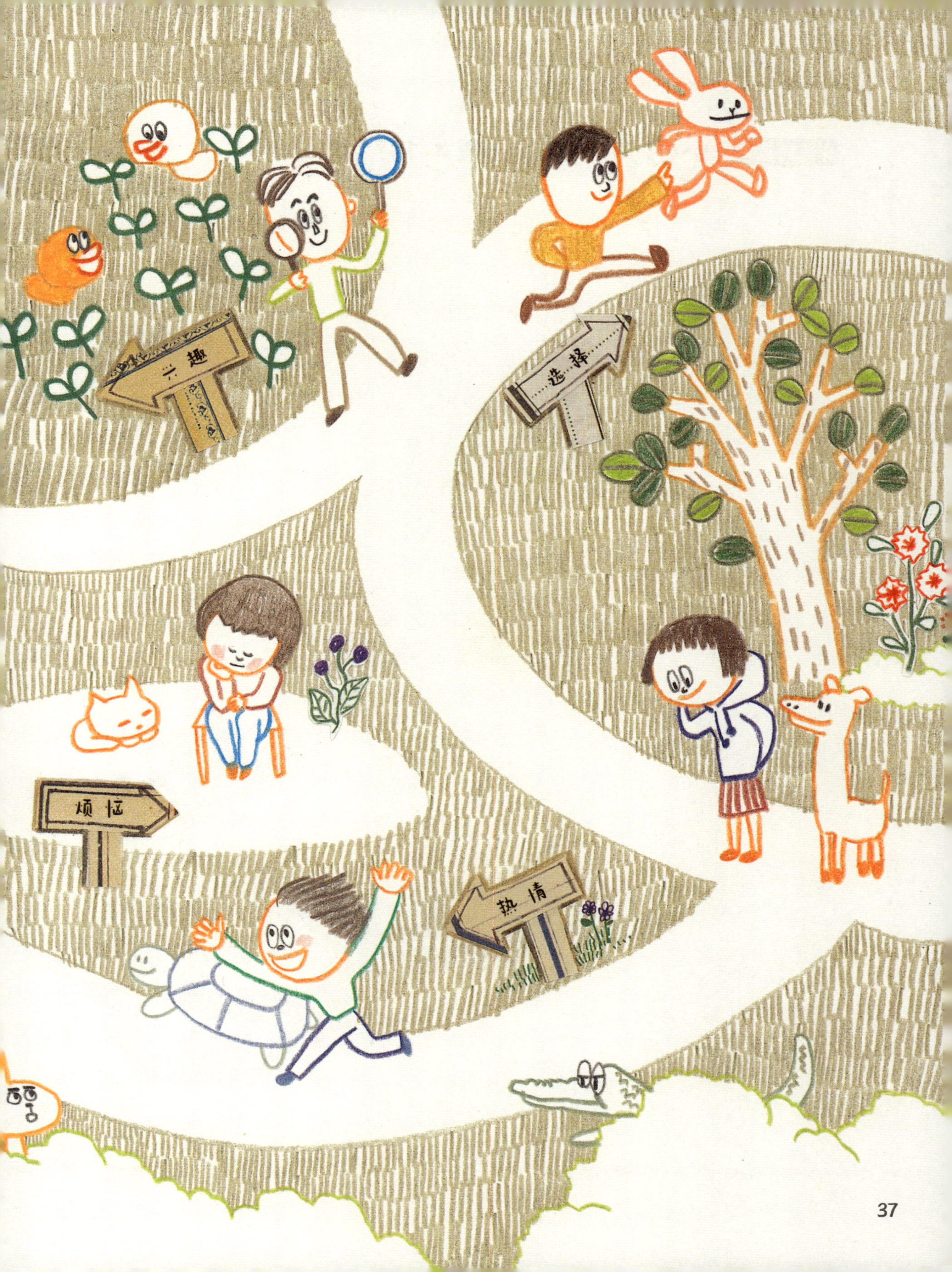
兴趣
选择
烦恼
热情

**身边的故事** 小姨为什么在家里工作？

这天是学校的建校纪念日，所以放假了，于是永浩去找小姨玩。自从小姨搬家以后，这还是他第一次到小姨家里去。小姨非常热情地把永浩迎了进去，她说："永浩，赶快进来。最近过得怎么样啊？"

小姨的家位于一座高大的建筑里，是一间公寓。她把家分成了两个部分，一部分装修成了办公室，另一部分则装修成了生活居住的地方。小姨的工作是电脑网页设计师，不久之前她辞掉了公司的工作，选择在自己家里工作。

小姨让永浩在沙发上坐下，然后给他倒了一杯橙汁。她说："我还有一些工作需要在电脑上处理一下，你稍微等我一会儿。"然后她就坐回到桌前，眼睛一直盯着电脑屏幕，还时不时地敲击键盘。

永浩问："小姨，你为什么在家里工作呢？在公司上班不是会赚更多的钱吗？"小姨笑了笑回答说："我的生活并不需要很多的花销，而且最重要的是我更喜欢这样的工作方式。"然后就听见小姨敲击键盘的速度加快了。

永浩虽然还有许多问题想问，但是他努力忍住了。他从座位上站了起来，凝视着墙上贴的几张纸研究了起来，每张纸上都写着芝麻粒大小的文字。

永浩回过头来，再次望着小姨，她已经完全被电脑吸引，全神贯注，似乎已经忘了永浩还在旁边。永浩觉得，今天的小姨比任何时候都显得更酷，但是看起来也有些孤单。

小姨终于结束了工作，关掉了电脑。"一整天都是自己一个人在工作，不会觉得无聊吗？我觉得还是在公司上班更快乐一些。"听了永浩的话，小姨呵呵地笑了起来。她说："很难说究竟哪种方式更快乐，无论在公司还是在自己家里，快乐与否归根结底取决于自己的工作态度。无论做什么工作，当你心甘情愿去做的时候，就会过得十分愉快，不管这份工作是多么辛苦、多么艰难。"

永浩还想再问些什么，却被小姨一把抓住了。

"走吧，我们出去走走，现在是我的休息时间，我请你吃午饭，你想吃什么就告诉我。"

## 因为喜欢而沉浸于工作中的人

史蒂夫·马丁从小就痴迷于汽车。他每天都会画小汽车的图案，还搜集各种汽车模型，把它们在地板上排成排。他自己的房间里也贴满了各种汽车的照片。有时候他还会为了观察汽车在大街上奔驰的样子而特意到户外去。

长大以后他进了一家汽车公司，职务是汽车设计师。他总是第一个上班，最后一个下班，因为工作对于他来说是最大的愉悦，即便如今他已是公司的高层领导，依然每天埋头工作。

米哈里·契克森米哈是一位心理学家，他的工作是研究人们的心理。他调查、观察了世界各国无数的职业人士，撰写了《心流：最优体验心理学》一书。他发现，那些拥有主人翁意识，并全情投入工作中去的人们都拥有强烈的幸福感。

所谓主人翁意识是指一种珍视工作如同珍爱自身一般的精神，而所谓投入就是指忘却世间万物，完全沉浸于自己当前所做的事情中的一种状态。体会过投入所带来的愉悦的人，在工作的时候都会尽心尽力，然后当工作终于大功告成的时候，他们就会被一种巨大的快乐与幸福感包围，似乎身上长出了翅膀，就要飞到天上去了。

　　这种幸福感是把自己的身体与心灵向整个世界敞开的一种感觉。在那一刻，他们会对自己的能力与才华产生一种强烈的自豪感与自信心，这会帮他们涤荡掉工作时的疲惫，让他们很快再次投身到工作当中去。

## 每天只工作四个小时？

　　海伦·聂尔宁与斯考特·聂尔宁夫妇生活在乡间，他们每天都需要在田间劳作，但是他们每天工作四个小时，还有另外四个小时用来读书、演奏乐器，再花四个小时与邻居、朋友们一同度过。他们吃自己种的粮食，身体健康，生活自由自在，没有任何压力，一辈子都享受着这种单纯、朴素又幸福的生活。

　　有很多人的想法和他们夫妇一样，不愿意赚很多的钱，而宁愿少赚一些钱，减少一些花在工作上的时间。如果生活太忙碌，忙到连与家人好好聊天的时间都没有，也抽不出时间来与朋友聚会，更无暇运动或旅行，对于一些公益活动也是有心无力，那么即便赚的钱再多，人们也很难有幸福感。所以现在有越来越多的人宁愿在工作上少花一些时间，而去选择一种更加从容、闲适的生活。

　　去单位上班，便很难做到这一点，所以很多人选择做自由职业者，这样便可以自由选择工作的时间。既然赚得少，那么消费也要相应地减少，你说对吗？所以他们几乎不购买额外的衣物、鞋子，也不怎么去餐馆吃饭。他们没有汽车，需要出门的时候就选择徒步或是借助公共交通。他们也尽量减少空调、暖气的使用。

　　这样的生活无论对个人健康还是对环境都是有益的。生活费尽可能地减少，也就没有必要挣很多钱，这便是一种单纯、幸福生活的方式。如果降低对物质的欲望，选择职业的时候就会有更多的自由。

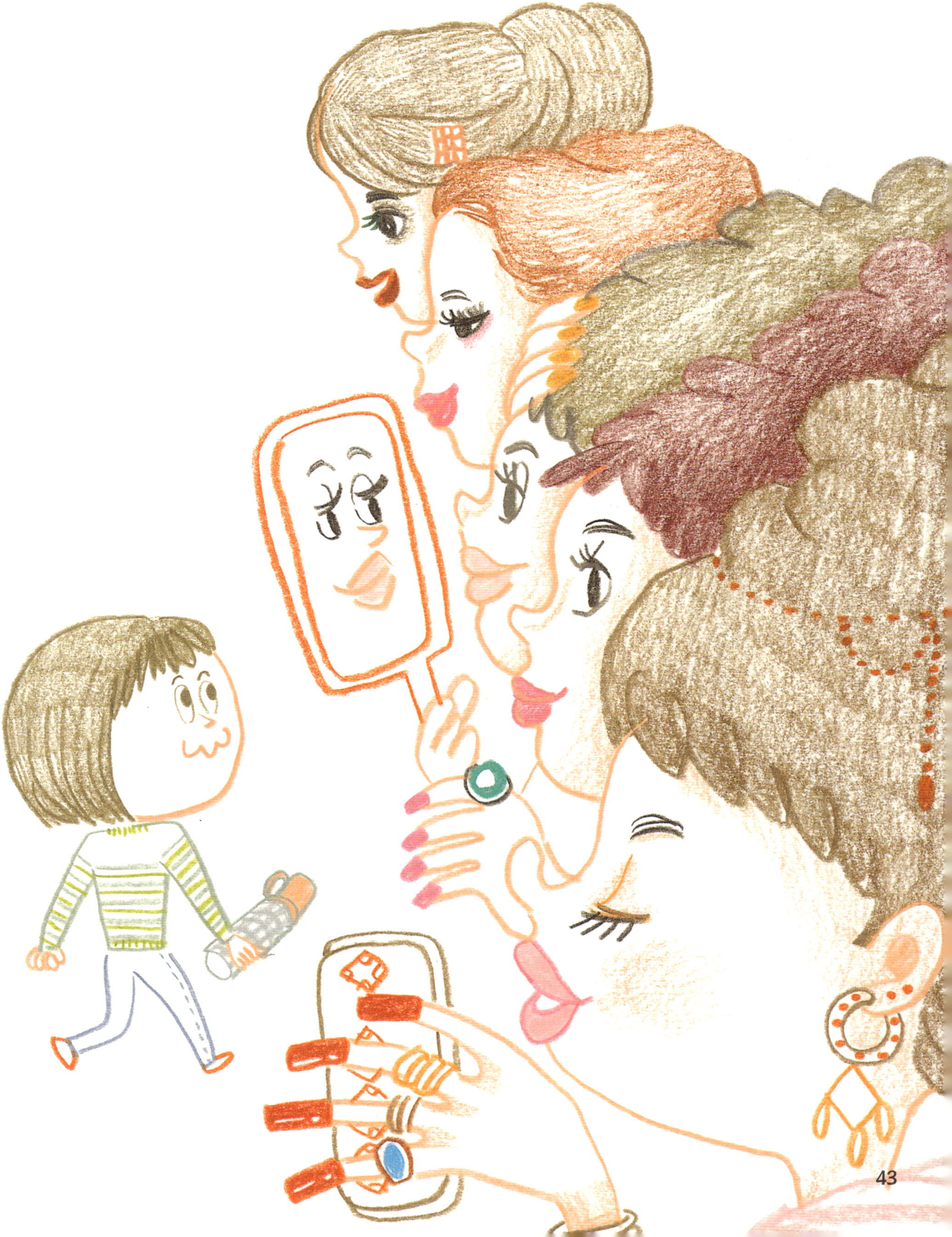

## 要不要换份工作呢？

有的人一辈子只做过一种工作，也就是说，如果活到八十岁，那么在几乎六十年的时间里他都在重复做同样的工作。他们大部分是专业技术人员，拥有一门技术或手艺，并不断打磨、提升，终于变成了该领域的专家。很多声乐家、乐器演奏家、建筑师、画家、小说家、电影导演、摄影师都是这样的。

从事工艺品或生活工具制作的人，也就是手工业的从业人员也是如此，他们被称为"工匠"。如今，几乎所有的东西都是工厂里的机器制造出来的，但是工匠却是用手工制作物品，有时候一件物品甚至需要耗费几个月的时间才能制作出来。他们对于自己的工作有一种迥异于常人的自豪，日复一日孜孜不倦地沉浸于工作之中。

也有的人一辈子会换好几份工作，安哲秀就是一个很好的例子。他先是从医科大学毕业，成了一名医生，后来又在研究计算机时开发出了杀毒软件，不久之后他辞掉了医生的工作，创立了杀毒软件公司。在公司走上正轨之后，他又出国留学，专攻工程学与工商管理，回国以后成为一名教授。在二十年的时间里，他做过医生、杀毒软件开发员、企业家、教授共四种工作。

那么究竟是一辈子只投身于一种工作的人活得更好，还是换过很多种工作的人生活得更好呢？这个问题没有确定的答案，因为他们做出各自的选择都是有自己的原因的。

**何谓工匠精神？**

所谓工匠精神，就是指坚守一种职业的匠人所拥有的一种精神，也是努力抵达某个领域最高境界的一种精神。在做事情的时候，如果我们能用工匠精神武装自己，那么无论遇到怎样的艰难险阻，都能迎难而上。

## 使命感与奉献之心

所谓使命感就是指对自己承担的事情负责到底的精神。所有从事某种工作的人，都必须有使命感，因为如果没有使命感，工作的时候马马虎虎，就有可能会给别人造成损失。

带着使命感去工作的人会梦想着让全世界所有人都过上一种幸福的生活。有的人会选择公益性的工作，身体力行地创造更美好的世界。他们在联合国儿童基金会、环境运动联盟、公益商店等机构里就业、工作。这些在非营利机构里工作的人，工资收入往往比较低，但是他们却怀着愉悦的心情，为创造更加公正、公平的社会而不懈努力。

有的人会利用自己的才能参加志愿者活动。有的暖气修理工会到那些暖气设施有故障的老人家里去，义务帮助他们修理暖气，驱走严寒。有的理发师会到养老院里去帮老人们理发。有的医生会到偏僻的山沟或者小岛上给患者治病，因为那里没有医院。有的律师会给那些遭遇不公平之事的穷人无偿提供辩护。

有的人则会把自己辛苦赚来的钱捐给有需要的人。比如，有的人每个月都会给一些贫穷国家的儿童捐赠一定数目的钱，他们在帮助这些有需要的人时，往往毫不犹豫、绝不吝啬。

我们每个人都可以通过不同的工作让世界变得更加美好，即便采取的方式不同也没有关系。

### 为非洲奉献一生的人

李泰锡从医科大学毕业以后，为了寻找新的生活，便进入了神学院。后来，他来到了非洲南苏丹一个叫作通季的地方。

由于长时间的内乱，通季人的生活异常艰辛，既没有医院，也买不到药，许多人死于疟疾、霍乱、麻风病。李泰锡便与当地人一起烧制砖块、建造医院。他还挖井让当地居民喝上干净的水，这样他们就不会因为喝了细菌过多的河水，而染上霍乱。当地的居民每天只能吃上一顿饭，李泰锡便带领他们开垦耕地、种植庄稼。他还创建了学校，让当地的孩子接受教育。

李泰锡非常喜欢音乐，他为那些因战争而饱受精神创伤的人演奏音乐时，懂得了音乐所拥有的巨大魔力，因为它可以治愈人们内心的伤痛，所以他另外召集了一批有音乐才能的学生成立了乐团。

他疲于奔波，没有时间照料自己的身体，终于积劳成疾大病一场，不久便与世长辞了。但是通季人至今仍然记得李泰锡，铭记着这位为通季付出一切的人，以及他宽广无疆的大爱。

# 第五章 怎样选择适合自己的职业？

每个人选择职业的标准都不同，
有的人选择自己喜欢的，
还有的人在选择职业时会考虑收入情况、稳定性、
发展前景等方方面面的问题。
你是否已经决定好将来要做什么工作了呢？
是不是还有很多小朋友举棋不定呢？
下面我们就来了解一下职业选择的标准吧！

49

**身边的故事** 赚钱还是爱好？

永浩的班里正在举行一场辩论赛，每两人一组进行辩论。永浩和京善一组，对手则是炳奎和敏智。

老师在黑板上写下了今天辩论赛的主题："将来应该找自己喜欢的工作，还是找赚钱多的工作呢？"

京善抢先说："我认为应该选择赚钱多的工作。如果钱赚得不多，生活就会很窘迫，心里就会慌里慌张的。"

永浩回头看了一眼京善。京善的想法和自己的不同，但永浩必须支持京善的观点，因为他们是一组的，所以他说："我和京善的想法一样，因为挣的钱越多，就会有越多的机会帮助那些生活困难的人。"

对手小组里,炳奎首先提出了相反的意见:"我认为,比起赚钱多,更重要的是选择自己喜欢的工作。只要努力去做自己喜欢的工作,钱自然就会越赚越多。"

旁边的敏智又补充道:"只有选择自己喜欢的事情,这份工作才能做得长久。"这时,永浩不自觉地点了点头,说:"我的想法与敏智的一样。选择自己喜欢的工作更重要,因为……"这时京善戳了戳永浩,压低声音对他说:"你在干什么?你怎么能帮他们说话呢?"这时永浩才意识到自己做错了,所有的同学都瞪大了眼睛盯着他。只见永浩稍微整理了一下自己的思绪,然后大声地说:"上午做挣钱多的工作,下午做喜欢的工作吧!"那一刻教室突然安静了下来,过了一会儿孩子们便大笑着鼓起掌来。

## 做喜欢的事情 最棒

每个人在选择职业的时候考虑问题的侧重点都不尽相同。有的人把赚钱多寡视为一个重要的标准，有的人则计较这种职业是否会让别人敬仰，是否能让自己手握大权。但实际上，选择一份职业最重要的标准应该是自己是否真心喜欢它。

如果一个人选择了一份自己并不怎么喜欢的职业，结果会怎么样呢？肯定会觉得度日如年无聊透顶吧？因为一个人如果对自己的工作不感兴趣，就不会有强烈的干劲，工作起来就会非常被动、勉强，那么即使他赚的钱再多、获得的荣誉再多，也很难感到幸福。

相反，如果一个人选择了一份自己喜欢的工作会怎么样呢？即使他有时也会觉得工作很辛苦、很累，却依然能愉快地坚持下去，不至于丧失干劲。随着经验的积累，他的信心会日益增强。不仅如此，他的能力、技术也会逐日提高，也会越来越多地得到别人的认可，那么他在工作时所感受到的价值与喜悦当然也会随之增多吧？这种人可以终生投身于一份职业之中，因为他的职业是自己最钟爱的，其他任何职业都无法与之媲美。

### 财富、名声与权力

如今的社会竞争日益加剧，人们往往会认为人生中有三样东西是最重要的：一是财富（property），二是名声（prestige），三是权力（power）。这三样合称"3P"。但对于这三种东西，一个人拥有得再多，也很难心满意足，因为人的欲望是会不断膨胀的，他们对生活永远都不会百分百满意。

53

## 赚的钱越多越好？

在各种职业之中，有许多职业能赚到很多钱。比如，经营公司的企业家就比一般的工薪族有更多的机会赚大钱。有许多企业家被金钱的欲望迷了双眼，一味只想着赚钱，从而不择手段。他们有的以次充好，有的不惜牺牲他人的健康赚取利益。这种唯利是图的人只为自己而活，不能给其他人及社会带来任何帮助，也无法获得任何人的尊敬。

以堂堂正正、光明正大的方式赚钱，不仅对自己有益，对别人也有好处。有的富翁会捐钱帮助那些有困难的人，在亲戚朋友有困难的时候也能伸出援助之手。世界上这样的富翁并不少见，像美国投资专家沃伦·巴菲特，就说要把自己大部分的财产都返还给社会。

　　巴菲特创建了一个名为"捐赠誓言"的组织，加入该组织的亿万富翁都会公开宣誓，将捐赠自己一半以上的财产，他们认为把自己赚来的钱返还给社会，使这些钱重新变成社会的财富是理所应当的。

## 在岗时间的 问题

退休年龄是指一个人退出某个工作岗位时的年龄。每种职业的退休年龄都不同。对于运动员来说，他们的退役年龄往往较早，因为年龄大了体能就会下降，所以只能退役。比如，在体操、花样滑冰领域，运动员的年龄几乎都不会超过三十岁。而在一般的公司里，五十岁以后还要继续工作的话，就会觉得比较吃力了。

绝大部分人都希望拥有一份即使年龄大了也依然能继续胜任的职业，因为只有工作的年限足够长，年老之后的生活才不至于困窘，可以过得相对比较从容。

近些年人们越来越重视休闲的时光，人们觉得，在职场工作的时间固然重要，但与家人、朋友共度的时光更为珍贵。

在闲暇的时光里，人们可以尽情地聆听自己喜欢的音乐，或阅读自己喜欢的书籍，缓解因工作而产生的压力，还可以去参加一些外语、专业技术培训班，继续给自己充充电。正是因为这样，有些人不喜欢从早到晚都在忙碌，甚至连周末都不得不辛苦工作的职业。

### 拥有双重职业的人

最近有很多人会利用自己的闲暇时光做一些副业，副业就是指除白天的正式工作以外的工作，由于这种人拥有两种职业，所以被称为"双重职业者"。促成人们做双重职业者的因素很多，比如有的人是为了发挥自己的兴趣爱好而开始搞副业，也有的人是因为一份工作不足以养家糊口，为了赚更多的钱而开始搞副业。

## 和谐、平和！

绝大多数的工作都需要人们聚在同一个地方办公，像作家、画家这种独来独往的职业并没有多少。

据说职场人最大的压力是因同事关系而产生的。当人们被领导训斥、与同事之间发生意见冲突的时候，心情当然是很难过的。一天二十四小时，除了睡觉时间以外，一个人在单位的时间是很长的。与自己的同事、领导处好关系，每天才能过得幸福，你说对不对？

如果一个单位的成员能相互帮助、和睦相处，那么这就是一个团队协作运行良好的单位。在这样的单位里，在同一间办公室工作的同事之间不会过度竞争，相互间也不会带来太大的压力，大家总是相互合作、气氛融洽。

在学校里大家完全可以学习并掌握与别人友好相处、相互协作的方法。与同学们友好相处，一起协作处理好班级里的事务，这也是为将来找到一份理想的工作，为将来在职场里出色地开展工作所做的准备与练习。

## 选择让自己快乐的工作

有的人在年轻时就找到了适合自己的工作，他们以这份工作为职业，生活幸福美满。但也有些人，在很长一段时间里，他们的工作并不适合自己，直到很久以后才找到了真正适合自己的工作。

韩飞野便是如此。大学毕业以后，她在一家国际公关公司工作了近十年，但一直觉得这份工作并不能让她快乐。有一天，她的脑海里忽然浮现出小时候的梦想，那便是去地球上人烟稀少的偏远地区旅行。要知道去这种地方旅行往往会遇到许多危险，而且旅行家并不算是一种职业，因为旅行家并没有经济来源，旅行的目的只在于追寻属于自己的快乐。

可是韩飞野义无反顾地辞职了，没有给自己留任何后路，她到处旅行，只为找到自己人生的快乐。她几乎不坐飞机，而是选择徒步在人迹罕至的陆地上漫游，数度遇险性命攸关，幸运的是每次都能化险为夷。在旅行的过程中，她目睹了那些偏远地区的人们的生存方式，了解了途经之处的风土人情。在环球旅行三圈半的过程里，她把自己每天快乐的见闻经历都记录了下来。后来她觉得，这些记录只供自己阅读实在太可惜了，于是她把这些文字整理、编辑，出版了一部书，成了一位快乐的旅行作家，她的著作给无数的读者带去了感动。正是因为当初她鼓起勇气离开了并不适合自己，并不能让自己快乐的工作，她才找到了这份全新的职业。

探险

## 第六章

## 将来要做什么工作呢？

世上所有的工作都需要有一段为它做准备的时间，
而选择将来要做什么工作也是一样的。
匆忙的决定往往会导致错误的判断，
那样往往需要从头再来。
如果稳扎稳打步步为营，
那么总有一天你会遇到适合自己的职业。
下面我们来看一下如何为将来的职业做准备吧。

**身边的故事** 只要是你喜欢的工作，我都不会反对

星期天，永浩与爸爸一起来到附近的公园，他们并肩坐在树荫下的长椅上。微风习习，十分凉爽。

爸爸侧过头来问永浩："这些天你还在为将来做什么工作而烦恼吗？"永浩默默地点了点头。爸爸目视前方，继续说道："爸爸小时候也跟你一样，不知道自己喜欢做什么，也没有什么特别擅长的事情。"永浩说："但是爸爸现在做的工作就是自己喜欢的呀，是不是？"

爸爸微笑着回答说："刚开始的时候我并不喜欢这份工作，所以觉得非常辛苦。但是我做得很努力，后来发现自己慢慢地喜欢上了这份工作。"永浩挠着自己的脑袋说："擅长的事情我倒是有，但是我并不打算把它当作未来的职业。"

爸爸揽过永浩的肩膀说："以后还有大把的时间，不是吗？多多读书，仔细研究研究各种职业，慢慢做出决定也为时不晚。"永浩的脸上顿时有了光彩，他高兴地问道："不管我将来选择什么样的职业，爸爸妈妈都不会反对，是吗？"

爸爸又侧过脸来看了看永浩，笑着说："当然啦！只要是你自己喜欢的工作，我们有什么理由反对呢？但是我们有一个条件……""是什么？""当你有疑问或是需要帮助的时候，随时告诉爸爸妈妈，不要藏着掖着。"永浩学着爸爸刚才的语气，朗声回答道："当然啦！爸爸妈妈都说要帮我了，我有什么理由拒绝呢？"

说完，爸爸和永浩都笑得前仰后合，欢快的笑声回荡在四周，久久不散……

## 你的未来志愿又变了？

史蒂芬·斯皮尔伯格从小就憧憬着长大以后成为一名电影导演。从早到晚，他的脑袋里想的都是各种与电影有关的事情，根本无暇顾及学校的学习。他甚至连简单的加减法都会做错，数学成绩很糟糕。他每天拿着爸爸的摄像机四处游荡，拍摄街道上奔驰的汽车，也会拍摄夜空中闪烁的星辰。当他长成一个青年以后，他的梦想依然是电影导演，从未改变，最后他终于如愿以偿。

然而，像斯皮尔伯格这样从小到大梦想如一的人并不多见，反而是在成长的过程里不断改变未来梦想的人更多。小时候大家的阅历太少，并不知道世界上都有哪些职业，这些职业又都是做什么事情的，只能通过身边的大人所做的工作隐隐约约地感受到一些，所以很多孩子未来的理想都大同小异。

但是随着一年一年的长大，你们的思想维度、深度会不断拓宽、加深，并逐渐了解到一些陌生的职业，关注到一些从未留意过的职业。你们会通过这样的过程成长，总有一天，你们会选择一种自己最喜欢、最有信心做好的事情作为自己的职业，所以小时候的梦想发生变化是最自然不过的事情了。

### 影响梦想的各种因素

调查显示，孩子们最憧憬的职业是老师、医生、艺人。这是因为孩子们白天在学校里上学，与老师们待在一起的时间最多，医院也去得相对比较频繁，而晚上又经常看电视。这些经常接触到的职业对孩子们的梦想产生巨大的影响。

65

# 我的天赋是什么？

法国作家纪德从小便特别讨厌上学，他认为学校里的课程没有一门是自己喜欢的，而且他很胆小又怕生，与同学们也相处不来。

但是突然有一天，老师让纪德朗诵一首诗，他朗诵得情感充沛，富有韵律，精彩绝伦。老师听了以后非常高兴，表扬他说："你的诗歌朗诵得那么好，必定极有文学天赋，只要你肯努力，将来一定能成为一名出色的作家！"

老师的表扬让纪德有了勇气，后来他便发奋读书，阅读了大量的诗歌、小说，并开始写文章。后来，他真的如老师所言，创作出了许多优秀的作品。

每个人都至少拥有一种天赋，但这种天赋往往不会轻易展露，而是会被隐藏起来，所以在别人告诉自己之前，很多人并没有意识到自己的天赋，就像纪德那样。要想早日发现自己的天赋，就应该多去体验、挑战那些自己尚未做过的事情。如果一味缩手缩脚什么都不敢做，就很难知道自己在哪些方面拥有天赋。

你可以试着列举十项自己可能会感兴趣的事情，然后一一实践。比如办一张家庭报纸，或是养养花草，甚至去学一门外语，这些你觉得怎么样呢？如果你对其中的一两件事情感兴趣，并且能力不断提升，那么你很快就会找到那属于你自己的、让你光芒万丈的天赋。

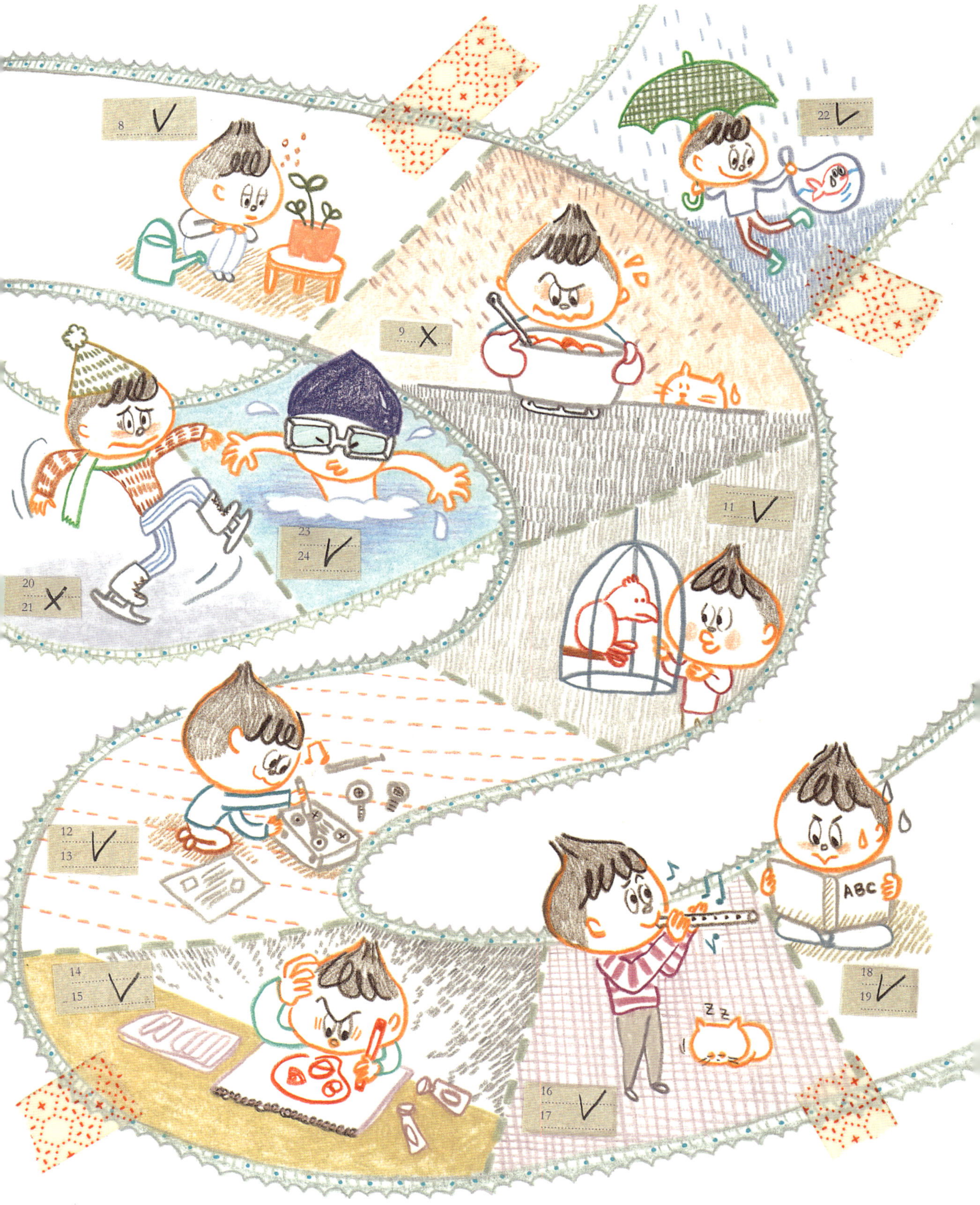
8
22
9
23
24
20
21
11
12
13
ABC
14
15
16
17
18
19

## 细数与鞋店有关的工作

在上下学的路上,你一定看过形形色色、各行各业、认真工作的人们吧?如果你仔细观察他们的工作,就会有许多意外的收获。比如,你仔细观察一家鞋店,就能发现许多种与它相关的不同的职业。

首先登场的职业便是鞋子设计师。设计师会研究消费者的心理,弄清楚他们对鞋子的需求,然后绘制设计图。接着他们绘好的设计图很快就到了工厂,工厂里的工人会根据设计图把鞋子生产制造出来,随后这些鞋子会被装到特制的盒子里运送到仓库。而这些盒子也是由专业的包装设计师设计出来的。负责销售的人会通过网络、电话接受商店主人的订单,然后这些鞋子经由物流公司的司机师傅用卡车运到商店里,放到展示柜上。

一共牵扯到了多少种职业呢?六种,对不对?更加仔细点推敲的话,还会牵扯到更多的职业。养成这种仔细观察的习惯,对将来的职业选择会有很大的帮助。

你还可以阅读人物传记,因为人物传记会向我们展示这些伟大人物的工作领域与光辉业绩。在阅读这些传记的时候,你是否经常会有这样一种感觉:"我将来也要做跟他一样的工作。"这时,你就可以多多了解这个人物所从事的职业,然后一一实践当时他所做的事情。

你不仅要阅读人物传记,还要多多阅读科学、文学、艺术等各种领域的书籍,这样可以拓宽职业选择的领域,有益于日后为选择职业做准备。

69

# 失败是成功之母

你是否已经知道自己喜欢的工作是什么了？已经找到了，但是担心做不好，是吗？那么，尝试着付出更多的努力，哪怕只能提高一点点。即便你的能力或技术并没有像你想象中提高得那么快，也绝不要惴惴不安或焦躁不已。有一句话说得好，良好的开端是成功的一半，最重要的是你已经在为将来奠基铺路了。

成长的过程好似爬山，未来的日子里你将经常面对举步维艰的状况，周围有时候也会突然乌云密布、迷雾重重，让你看不清方向。你将来可能想当画家，可画了数千张画作，你都不满意；你将来可能想当钢琴家，可你也许会因为弹错琴键，而经常遭到老师的训斥。

但是你要知道，经历的艰难困苦越多，人往往就会越强大。你是否曾经留意过下过雨之后的地面？是不是变得比之前更结实了呢？在你往后的人生里，你会越来越有智慧，也会越来越坚韧，只要你踏踏实实攀登不辍，总有一天你会抵达山顶，拥有那份你憧憬的职业，幸福地生活下去。

## 被妈妈从图书馆里揪出来的书虫

比尔·盖茨是微软公司的创始人，当初他预见到未来每个人都将自由地使用电脑，便开发出了一些个人电脑所必需的软件，引爆了信息通信技术的革命。

比尔·盖茨曾表示："是社区图书馆造就了今天的我。"小时候，他总是喜欢在放学以后跑到图书馆里，一头扎进书的海洋。他的母亲甚至觉得他过于痴迷读书，因此感到非常担忧。有一天，他的母亲来到图书馆，招呼小盖茨回家，但他却死死地抓住书桌不肯离去，无奈之下，她只能生拉硬拽地把小盖茨拖回了家。

不管多么繁忙，比尔·盖茨每天晚上都要抽出一个小时的时间用来读书，周末则会抽出四五个小时读书。他相信，电脑可以通过屏幕向人们展示广阔的世界；而书籍则可以通过文字把细致、深刻的知识印刻在人们的脑海之中。他还曾表示，阅读还可以培养人专注认真、理性思考的能力，让人预见遥远的未来。比尔·盖茨是全球数一数二的大富翁，但却以生活俭朴而闻名，他热心投身社会公益事业，用自己从书籍中汲取的智慧改造世界，得到无数人的尊敬。所以对于阅读这件事情，他一日都不曾懈怠。